AF289752

Frank R. Hartmann

Besuch

–

Erzählung

Personen und Handlung sind frei erfunden.

Erste Auflage 2025
Copyright © 2025 Frank R. Hartmann
Umschlagbild: Frank R. Hartmann
Verlag: BoD · Books on Demand GmbH, Überseering 33,
22297 Hamburg, bod@bod.de
Druck: Libri Plureos GmbH, Friedensallee 273,
22763 Hamburg
ISBN: 978-3-8192-9581-2

1

Fritz fragt seine Freundin: „Was würdest du sagen, wenn ich ins Seniorenstift umziehe? Einen Vorvertrag habe ich ja schon."

Sie sitzen in einer Bäckerei in der Altstadt mit angeschlossenen Café. Es besteht nur aus drei Tischen, die hintereinander von der Wandseite bis zum Fenster zur Straße reichen. Sie sind die einzigen Gäste. Er hat an der Theke für sie einen Cappuccino und für sich einen Milchkaffee geholt. Ab und zu kommen Leute herein und kaufen Brot, Gebäck oder verschiedene Brötchen. Lange antwortet sie nicht. Beide sehen nur durch das Fenster Fußgänger vorbeigehen. Manche scheinen es eilig zu haben, andere führen langsam ihren Hund an der Leine vorbei.

Fritz spürt, wie bei dem Gedanken Angst in ihm emporsteigt. Fast hofft er, dass seine Freundin ihm abrät. Doch sie beginnt von einer wichtigen neuen Erfahrung zu reden, von einem neuen Leben, das so für ihn möglich würde. Auch für sie, wenn sie ihn dabei begleiten und unterstützen würde. Aber er müsse selbst entscheiden. Fritz ist plötzlich bereit, etwas in Richtung Umzug zu unternehmen, zu denken, dass dies für ihn und sein weiteres Leben sinnvoll wäre. Sie reden noch über eine Reise nach England, die sie gemeinsam machen wollen. Aber nicht mehr über seinen Plan. Als sie sich trennen, geht er zur Haltestelle der U-Bahn und sie zu ihrem Auto, das sie in einem Parkhaus in der Nähe abgestellt hat.

Gerade zu Hause angekommen, ruft eine Bekannte an und spricht über die Schwierigkeiten, die sie mit ihrer Mutter hat. Fritz ist zu sehr mit sich selbst beschäftigt, um darauf einzugehen, will auch mit ihr nicht über seine Pläne reden und beendet das Gespräch schnell. Er sucht den Vorvertrag aus seinen Akten heraus. Damals wurde ein Einzugstermin in zehn Jahren vereinbart. Es sind aber seitdem nur fünf Jahre vergangen. Ihm ist klar, dass er seinen Einzugswunsch dringend vortragen müsste, obwohl er immer noch überlegt.

Ihm geht nochmals durch den Kopf, was alles für eine solche Entscheidung spricht. Fast zwanghaft denkt er wieder und wieder an mögliche Gehbeschwerden, dass er die Treppen zum zweiten Stock, in dem seine Wohnung liegt, irgendwann oder sehr bald kaum mehr schaffen wird. Er könnte einen sogenannten Drehschwindel bekommen und müsste deshalb einen Rollator benützen. Schon jetzt spürt er manchmal ein noch leichtes Schwindelgefühl. Außerdem könnten Gelenkschmerzen auftreten, möglicherweise eine immer stärkere Arthrose in der Hüfte oder den Knien. Vielleicht könnte er dann seine Wohnung nicht mehr verlassen, weil das Haus ja keinen Aufzug besitzt. Einfach gedacht, er könne zu einem Pflegefall werden und in seiner Wohnung völlig vereinsamen. Dies alles würde sich, je älter er würde, immer mehr in den Vordergrund schieben. Er würde seiner Umgebung nur noch zur Last fallen.

In dem Stift wäre er dann besser versorgt als durch einen privaten Pflegedienst.

Im Vorvertrag findet er auch die Telefonnummer der Vertriebsreferentin des Stifts. Vielleicht hat sie Verständnis, macht ihm ein Angebot und den Einzug trotz Vertragsdatum bald möglich. Er ruft an und bekommt sofort einen Termin. Ein Freund meldet sich telefonisch und erzählt von einem stillen Herzinfarkt, den er wahrscheinlich vor kurzem hatte. Er wolle jetzt starke körperliche Anstrengungen meiden. Fritz denkt sofort an sich, dass er krank werden könnte, an das Treppensteigen und die notwendigen Einkäufe jede Woche, das Schleppen der Einkaufstaschen. Je älter er würde, desto schwerer würde ihm sein jetziger Alltag fallen. Anschließend ist er fast endgültig entschlossen. Er würde einen Teil seiner Selbständigkeit verlieren, aber auch viel gewinnen. Mit dem Gedanken geht er ins Bett.

2

Einige Tage später holt ihn seine Freundin vormittags ab. Sie fahren mit ihrem Auto zum vereinbarten Termin ins Stift und sind pünktlich da. Wieder beeindruckt ihn der Empfangsbereich durch seine Großräumigkeit mit den zwei Sitzgruppen, dem Postschalter und der langen leicht gekrümmten Theke, an der sie sich anmelden. Sie müssen nicht lange warten. Die Vertriebsreferentin kommt sofort. Durch einen langen Seitengang werden sie zu ihrem Büro geführt. Dabei kommen sie an einem Friseur, einer Kleiderboutique, einer Bankfiliale und einem SB-Laden vorbei. Der Arbeitsbereich der Referentin besteht aus zwei Räumen. In einem von ihnen steht in der Mitte ein runder Tisch. Auf ihm liegen ihre Unterlagen bereit.

Fritz betont im beginnenden Gespräch, dass er möglichst bald einziehen möchte. Ob das möglich sei. Zu seiner Überraschung geht sie direkt darauf ein. Sie könne ihm sofort eine leerstehende, neu sanierte Wohnung anbieten. Sie wäre gleich zu besichtigen.

Gemeinsam fahren sie im Aufzug in den neunten Stock des Hauptgebäudes. Die Wohnung liegt am Ende des Flurs mit dem Blick nach Westen. Als sie in der Mitte der zwei Zimmer stehen, kommen Fritz plötzlich wieder Bedenken. Am liebsten würde er wieder nach Hause gehen und die Entscheidung aufschieben. Die Referentin macht ihm klar, dass es noch andere Interessenten gäbe. Und er sich schnell entscheiden müsse. Die Freundin beginnt die Wohnung auszumessen und Fritz gefällt sie eben doch. Er stellt sich vor, wie es wäre, wenn er in ihr leben würde. Beide fangen schon gemeinsam an zu überlegen, wo welche Möbel stehen könnten. Als die Dame sich verabschieden will und nach einem Entschluss fragt, bittet Fritz sie, ihm den Wohnvertrag zuzuschicken. Er würde kurzfristig bestimmen, was er endgültig wolle.

Auf der Rückfahrt macht ihm seine Freundin klar, dass er eine solche Wohnung so schnell nicht wieder angeboten bekommt. Er verspricht ihr, sich bald zu entschließen.

Schon zwei Tage später erhält er den schon unterschriebenen Vertrag. In ihm sind die Standardleistungen Wohnen, Speisen, Service und Betreuung geregelt. Ein Paragraph verzeichnet noch die Pflegebedürftigkeit und gerontopsychiatrische Betreuung. Als er ihn liest, kommen ihm wieder Bedenken, vor allem, dass von ihm unter Umständen einiges verlangt werden könnte, der Umzug in ein anderes Appartement mit eingeschlossen. Aber er weiß, dass er, wenn er Pflegefall wird, auch besondere Schwierigkeiten in seiner jetzigen Wohnung hätte. Und er findet den Vertrag als ganzes korrekt ausgearbeitet und formuliert. Ihm gehen nochmal alle seine Gründe für diesen Schritt, für den Umzug durch den Kopf. Dann unterschreibt er und schickt den Vertrag so zurück.

Er telefoniert mit seiner Freundin, die ihn in seiner Entscheidung bestärkt. Beim abendlichen Fernsehen fühlt er sich wohl und auch voller Erwartung.

3

Am nächsten Morgen überlegt er nochmal, was er beim Umzug alles mitnehmen kann und will. Auf jeden Fall das Bett, den Fernseher mit Gestell, seinen Schreibtisch, den Esstisch, eine Kommode, drei Stühle, zwei Sessel, einen Eckschrank mit seinem Meissner Porzellanservice, einen kleinen Schrank für alles Mögliche und mehrere Teppiche. Vom Ausmessen weiß er noch, dass er sechs Bücherregale stellen kann. Er muss also entscheiden, welche Bücher er mitnehmen kann und welche er zurücklassen muss.

Als erstes ruft er die ihm vom Stift empfohlene Umzugsfirma an und macht einen Termin aus. Die Firma verspricht ihm auch, Umzugskartons noch am gleichen Tag vorbei zu bringen. Da er viel zurücklassen muss, beauftragt er gleichzeitig die Firma mit der Entrümpelung. Der Hausverwalter, den er mit der Vermietung beauftragt, hat ihm klar gemacht, dass er eine vollständig leergeräumte Wohnung übergeben muss.

Als die Kartons nachmittags gebracht werden, beginnt er damit, die Bücher auszusortieren, die er mitnehmen will. Alles was ihm besonders wichtig und was wahrscheinlich wertvoll ist, räumt er in die Kartons. Gegen Abend kommt die Freundin vorbei. Gemeinsam füllen sie die restlichen Kartons und legen an Hand des Grundrisses der Wohnung fest, was wo hingestellt und hingehängt wird. Sie besprechen auch nochmals einen möglichen Verkauf der alten Wohnung. Aber Fritz will sich die Möglichkeit offenlassen, eventuell wieder, wenn es ihm im Stift nicht gefällt, zurückgehen zu können. Bei seinen vielen Bedenken scheint ihm das sinnvoll zu sein und gibt ihm auch Sicherheit. Zufrieden mit sich geht er schlafen.

4

Zwei Tage später rückt morgens um acht Uhr die Umzugsfirma an. Seine Freundin hat sich den Vormittag frei genommen. Fritz telefoniert noch mit dem Stift, dass sie bald kommen. Gemeinsam überwachen sie die Arbeit der drei Männer, die die Firma geschickt hat. Als alles eingeladen ist, fahren sie hinter dem Transporter her zum Stift. Vor dem Haupteingang ist noch Platz zum Parken. Sie melden sich bei der Referentin an, die auch sofort zum Empfang kommt und sie auf dem Weg zum Appartement begleitet.

Fritz und seine Freundin weisen die Umzugsmänner ein, wo Möbel und Teppiche hinsollen. Alles findet seinen vorgesehenen Platz. Fritz bedankt sich bei den Männern und gibt ihnen ein reichliches Trinkgeld.

Als sie gegangen sind, setzt sich Fritz erstmal in die Mitte der neuen Wohnung und lässt alles auf sich wirken. Gemeinsam entscheiden sie nochmal, wohin welche Bilder kommen sollen, wo die Teppiche richtig liegen. Die Haustechnik meldet sich am Telefon und schickt einen Techniker zum Anschließen des Fernsehers und des mobilen Telefons. Ein zweiter junger Mann macht den Computer funktionsfähig. Kleider und Wäsche sind schon in den verschiedenen Fächern des Wandschranks neben dem Eingang.

Als seine Freundin weg ist, geht er zum ersten Mal zum Essen. Er setzt sich an einen Zweiertisch, an dem schon ein jünger wirkender Mann sitzt. Sie stellen sich vor, unterhalten sich aber kaum, sprechen nur über das Wetter und dass das Essen immer sehr schmackhaft sei.

Nachmittags beginnt er damit, seine Bücher in die Regale einzusortieren. Da er die Kartons nummeriert hat, kann er wenigstens teilweise die gleiche Ordnung wie in der alten Wohnung beibehalten. Einige Regalfächer lässt er frei zum Abstellen von Ordnern mit Unterlagen und für seine kleinen Figürchen, die sich angesammelt haben und die er liebt. Dabei sind ein liegender Hund aus Porzellan, ein Geschenk für seinen Vater, das er nach dessen Tod aus seiner Wohnung mitgenommen hatte, ein Pferdchen und ein kleiner Elefant aus weißem Holz, der von einer Fahrt der Eltern in die Karibik stammt. Außerdem Skulpturen, die Fritz von verschiedenen Reisen mitgebracht hat. Neuerdings ist auch ein Seepferdchen dazugekommen.

Im Radio stellt er einen seiner Lieblingssender ein, hört Paul Anka und sucht die Bücher heraus, die er als nächstes lesen will. Es sind wie immer ein Kriminalroman, außerdem Tolstois *Krieg und Frieden* und ein Band Philosophie von Peter Sloterdijk, *Die schrecklichen Kinder der Neuzeit*.

Langsam wird er müde und legt sich ins neu überzogene Bett.

5

Um sieben Uhr geht der Wecker. Fritz hat sich vorgenommen, immer um diese Zeit aufzustehen. Am liebsten würde er noch eine Weile liegenbleiben, aber er kommt hoch. Er genießt als erstes den Blick aus der neunten Etage auf Häuser und Bäume bis zum Horizont. Dann setzt er Wasser für seinen Tee auf. Es ist eine grüne japanische Mischung , die er schon länger in der Stadt in einem Teeladen kauft. Er trinkt ihn regelmäßig und bereitet sich morgens immer eine Kanne voll vor. Diese Gewohnheit will er beibehalten. Außerdem kocht er sich Kaffee. Es ist eine naturmilde peruanische Hochlandsorte aus einem Bioladen.

Als beides fertig ist, rasiert er sich mit seinem Trockenrasierer, putzt sich die Zähne, duscht warm und kalt und benutzt eine Pflegelotion. Außerdem cremt er seine Füße ein. Gerade als er angezogen ist, ruft ihn eine Dame vom Bewohnerservice an. Sie will ihm das ganze Haus vorführen. Sie machen aus, sich in zwei Stunde am Empfang zu treffen. Fritz geht schnell in den Lebensmittelladen im Haus und kauft sich Sauerkraut und Knäckebrot, sein übliches Frühstück. Vor laufendem Fernseher isst er und hört im Radio Nachrichten.

Anschließend geht er zu dem Treffen. Er findet die Dame sympathisch und sie zeigt ihm als erstes das Schwimmbad. Man kommt zu ihm durch die unterste Etage und eine Treppe. Es erscheint Fritz sehr groß. Am Beckenrand stehen Liegestühle zum Ausruhen. Sie macht ihn darauf aufmerksam, dass man natürlich vor dem Benützen duschen muss. Offen wäre es den ganzen Tag. In einem Nebenraum präsentiert sie Fritz noch verschiedene Fitnessgeräte, deren Benutzung er sich zeigen lassen kann. In Gedanken entschließt er sich schon dazu. Auf der gleichen Etage liegt das Atelier, in dem selbständiges Malen und Zeichnen möglich ist, aber es werden auch Kurse angeboten. Dann kommen sie zu einem Musikraum, in dem ein Konzertflügel steht. Im Raum gegenüber steht ein einfaches Klavier. Fritz stellt sich vor, wie er darauf herumklimpert.

Er erinnert sich, dass er dies schon einmal gemacht hat. Damals stand in einer U-Bahn-Unterführung ein mit Girlanden geschmücktes Klavier mit der ausdrücklichen Aufforderung auf einem Plakat versehen, es zu benutzen. Zum Abschluss zeigt sie ihm noch den großen Theatersaal mit Bühne. Hier fänden oft Kulturveranstaltungen statt. Als sie sich verabschieden, weist sie ihn ausdrücklich daraufhin, dass er beim Mittagessen die freie Platzwahl hätte.

Beeindruckt von dem großen Angebot macht sich Fritz es im Zimmer in seinem Sessel gemütlich. Da seine zwei Tageszeitungen schon im Briefkasten waren, beginnt er in ihnen zu lesen. Der Leitartikel der einen beschäftigt mit dem schon andauernden Krieg in der Ukraine, die andere auf der ersten Seite mit Afrika und den vielen erfolgreichen Putschvorgängen in den letzten Jahren. Beides interessiert ihn. In den Radionachrichten geht es um das Anzünden von Kabelschächten der Bahn, das zu längeren Zugunterbrechungen zwischen Hamburg und Berlin führt.

Mittags geht er absichtlich spät zum Essen. Im Vorraum wartet er mit einer Frau zusammen auf den Aufzug. Es dauert sehr lange bis er kommt. Die Frau spricht davon, dass dies öfters so sei. Beide werden sie ungeduldig. Fritz überlegt schon, ob er durch das Treppenhaus nach unten gehen sollte. Ein Mitbewohner macht es ihm vor und schlendert zur Treppe. Fritz scheinen aber die acht Etagen, die er laufen müsste, viel zu viel. Er denkt an seine Kniegelenke, mit denen er schon Schwierigkeiten hat, die er vor allem abwärts beanspruchen würde, falls er sich das angewöhnen sollte. Obwohl es natürlich eine Möglichkeit wäre.

Im Restaurant setzt er sich an einen eingedeckten Platz zu einem Ehepaar. Es hat auch gerade mit dem Essen begonnen. Die Reihenfolge ist dabei immer die gleiche: Zuerst holt man sich Salat vom Büffet, dann kommt die Bedienung und notiert Zimmernummer und Menüwunsch. Nach der Suppe wird der Hauptgang gebracht und zum Schluss das Dessert.

Fritz wählt italienische Minestrone mit Kalb, Gemüse, Tomaten, Spaghetti und Parmesan. Zum Dessert nimmt er Birnenkompott. Da es schon seit gestern sehr stürmt wird darüber geredet, ob das mit der Klimaentwicklung zu tun hätte. Der Mann sagt, dies sei unwahrscheinlich trotz des für die Jahreszeit ungewöhnlich warmen Wetters. Als sie gemeinsam mit dem Essen fertig sind, verabschiedet sich Fritz, geht auf sein Zimmer und legt sich auf das Bett, das mit einer Zudecke verhüllt zum Sofa umfunktioniert ist. Er nimmt sich vor, jeden Tag um die Mittagszeit auszuruhen und wenn möglich kurz zu schlafen.

Im Laufe des Nachmittags lässt der Sturm nach und Fritz entschließt sich, den Park, der vor vierzig Jahren angelegt wurde und das Heim umgibt, näher anzusehen. Er nimmt den Parkführer mit, den er bei seiner Ankunft bekommen hat. Laut ihm hat die Universität der Stadt beratend an der Auswahl der dabei eingebrachten fremdländischen Baumarten und Sträucher mitgewirkt. Er geht den Weg, den der Führer vorschlägt. Vor jeder der einzelnen Arten ist jeweils ein kleines Schild angebracht mit dem deutschen und dem lateinischen Namen. An einigen der alten Bäume bleibt Fritz stehen und liest den Text dazu im Führer. Es ist nicht ein gewöhnlicher Park sondern mehr ein botanischer Garten. Er staunt immer wieder, was es alles zu bewundern gibt. Als er seinen Rundgang beendet hat, will er noch öfter mit dem Führer durch den Park gehen.

Zurück in seinem Zimmer liest er noch genauer nach, was er gesehen hat. Da jeweils auch Fotos im Führer abgedruckt sind, geht das ohne weiteres. Dabei legt er die Füße hoch, hört Musik im Radio und fühlt sich richtig angekommen, nicht nur in seinem Zimmer sondern im ganzen Haus.

Am nächsten Tag geht er absichtlich zeitig zum Essen und setzt sich an einen Zweiertisch, an dem er alleine ist. Rechts von ihm sitzen vier Frauen, die augenscheinlich hier ihre Stammplätze haben. Sie reden angeregt miteinander. Eine Frau kommt etwas später und nimmt an seinem Tisch ihm gegenüber Platz. Sie beginnt das Gespräch mit dem Hinweis, sie sei trotz des unangenehmen regnerischen Wetters schon draußen gewesen, sei spazieren gegangen und habe im Supermarkt eingekauft. Sie fragt ihn, wie lange er schon im Stift wohne. Er erzählt, dass er gerade erst angekommen sei und sich noch einleben müsse. Er habe sich aber bereits eine Rundstrecke für seinen Frühsport herausgesucht. Zwanzig Minuten abwechselnd laufen und gehen, bis er ins schwitzen komme, ins intensive Atmen. Sie bestätigt ihm, dass er das ganz richtig mache. Es sei wichtig, jeden Tag rauszugehen, sich körperliche Bewegung zu verschaffen.

Dann wird das Gespräch von Tisch zu Tisch geführt. Wie sich das Zeitgefühl verändere, wenn man länger hier sei. Sie seien schon einige Jahre dabei, aber die Zeit sei wie im Flug vergangen, als seien sie erst vor kurzem eingezogen. Nach dem Essen verabschiedet sich Fritz von allen gemeinsam mit dem Wunsch, einen schönen Nachmittag zu erleben. Vor dem Empfang begegnet er dem Mann, mit dem er gestern zusammen gegessen hat. Der spricht ihn an, ob er Interesse an

Schach hätte. Die Gruppe treffe sich heute wie jede Woche nachmittags und suche dringend neue Spieler. Auf die Spielstärke komme es nicht an. Fritz denkt sofort daran, neben dem körperlichen auch geistiges Training zu beginnen und sagt zu.

Nach seiner Mittagsruhe macht er sich auf den Weg. Als er im Clubraum eintrifft, sind schon einige da. Zwei Männer spielen bereits. Offensichtlich kennen sie sich gut und sind in ihr Spiel vertieft. Die anderen machen aus, wer mit wem spielt. Es ergeben sich zwei weitere Partien. Fritz bekommt als Partner den Herren, der ihn eingeladen hat. Wie sich schnell herausstellt, ist der ihm ziemlich überlegen. Fritz kann eine Zeitlang dem Angriff seines Gegenüber standhalten, macht aber einen Fehler, gerät mit einer Figur in Rückstand und läuft in eine ihm gestellte Falle, die ihn eine weitere Figur kostet. Da das Spiel damit endgültig entschieden ist, gibt er auf. Sein Gegner versichert ihm, es gehe um das Spielen überhaupt, weniger um das Gewinnen. Fritz stimmt ihm zu, aber als er zurück in sein Zimmer kommt, ist ihm klar, dass er lieber gewonnen hätte, dass Sieg oder Niederlage doch eine Rolle dafür spielen, wie man sich hinterher fühlt.

Eine gewisse Enttäuschung macht sich in ihm breit, und er lenkt sich ab, indem er den Kriminalroman, den er sich zurechtgelegt hat, zur Hand nimmt. In ihm geht es um einen Geheimbund, der im verborgenen das politische Handeln des Landes steuert und auch vor Mord nicht zurückschreckt, um sich durchzusetzen. Nachdem er vor laufendem Fernseher etwas gegessen, Nachrichten gesehen und auch noch Musik im Radio gehört hat, geht er zeitig schlafen.

8

Am nächsten Vormittag steht, wie er sich vorgenommen hat, um sieben Uhr auf, zieht seinen Trainingsanzug an und weiht die Strecke ein, die er sich rausgesucht hat. Er beginnt mit dem Laufen vor dem Empfang des Stifts. Zuerst führt ihn der anschließende Weg durch flaches Gelände, geht dann leicht abwärts und gegen Ende steil bergauf. Unterwegs begegnet er zweimal anderen Joggern und tauscht im Vorbeilaufen mit ihnen einen Morgengruß aus.

Als er zurück ist, spürt er die körperliche Anstrengung deutlich. Er fühlt sich dabei wohl und ist in gehobener Stimmung. Auf dem Gang vor seinem Zimmer begegnet er einem Mann, mit dem er schon beim Einzug kurz geredet hat. Er hat das Zimmer schräg gegenüber. Nachdem sie sich begrüßt haben, fragt der Fritz, ob er Interesse am Kegeln habe. Eine kleine Gruppe würde regelmäßig einmal in der Woche nachmittags zusammenkommen. Da zwei Frauen ausgeschieden seien würden die Teilnehmer sich sicher über einen Neuzugang freuen. Heute sei um fünfzehn Uhr wieder das Treffen in der Kegelbahn im Untergeschoß. Fritz freut sich und sagt gerne zu.

Er ruft beim Empfang an, meldet sein Essen um auf den Abend und beginnt zu überlegen, ob er wirklich Tolstoi lesen soll, wichtiger wäre für ihn statt dessen wahrscheinlich Melvilles *Moby Dick oder: Der Wal*. Er hat davon vor kurzem eine neue Übersetzung gekauft, die das Verstehen des Textes vielleicht erschwert aber auch interessanter macht. Und es wäre ebenso ein Klassiker der Literatur, dessen Lektüre sich auf jeden Fall lohnen würde. Er nimmt den Band zur Hand, blättert in ihm, sieht sich die zahlreichen schwarz-weißen Federzeichnungen an, die den Roman illustrieren und fängt an, das erste Kapitel „Kimmungen" zu lesen, das ja mit dem berühmten ersten Satz beginnt: „Nennt mich Ismael".

Nachdem er bis zum „Theaterzettel der Vorsehung" kommt, auf dem von den Wahlen zum Präsidenten der Vereinigten Staaten, seiner Walfangreise und einer blutigen Schlacht in Afghanistan die Rede ist, beginnt er seine übliche Mittagsruhe. Er ist fast eingeschlafen, als ihn ein unangenehmes Geräusch auffahren lässt. Er kann nicht mehr ruhig liegen bleiben, steht auf und bemüht sich, pünktlich auf der Kegelbahn zu sein. Er findet sie ohne weiteres, wird vorgestellt und setzt sich auf einen freien Stuhl. Auf die Frage, ob er schon einmal gekegelt habe, erzählt er kurz etwas vom Kegelaufsetzen in seiner Jugend, bei dem er sich Taschengeld verdient habe. Bei der Kegelbahn hier funktioniert natürlich das Aufsetzen automatisch, wie überhaupt die Abläufe in die Maschine von Hand eingespeichert werden. Nach ein Paar Probewürfen für alle wird ihm das Spiel erklärt, das gemacht werden soll. Er versteht den Ablauf nicht, obwohl er versucht, konzentriert zuzuhören. Weil er deswegen nicht weis, wann er zum

Werfen an der Reihe ist, muss er am Anfang mehrfach fast ärgerlich daran erinnert werden, er sei jetzt dran.

Die einzelnen Würfe werden meistens kommentiert und alle auf einer Tafel notiert. Nach jedem der verschiedenen Spiele wird das Ergebnis vorgelesen. Fritz gewinnt sogar einmal. Anlauf und Abwurf gelingen ihm gut, aber die Teilnehmer unterhalten sich untereinander, ohne ihn anzusprechen. Er fühlt sich ziemlich isoliert und verabschiedet sich, bevor die Gruppe aufhört, geht als erster. Trotzdem entschließt er sich, als er wieder in seinem Zimmer ist, weiter zu den Treffen zu gehen.

Als er gerade aufgestanden ist und seine Morgenrituale abgewickelt hat, ruft eine Bekannte an. Sie erzählt von einem Erlebnis auf dem Reiterhof, auf dem sie Stunden nimmt. Dort würden neuerdings eine Hühnerherde mit Hahn herumlaufen. Als sie vom Auto zur Reithalle gegangen sei, sei der Hahn auf sie direkt zugegangen. Sie hätte Angst bekommen, er würde ihr ins nackte Bein picken und sei weggelaufen, während er ihr immer weiter folgte. Fritz zeigt Verständnis und erwähnt, dass er auch eine gewisse Angst vor Tieren kennen würde. Wenn Hunde ihm begegnen, würde er oft einen gewissen Abstand einhalten, vor allem wenn sie größer seien und ohne Leine liefen. Aber es sei niemals etwas passiert. Darauf beginnt sie davon zu sprechen, dass sie ihn gern zusammen mit einem Bekannten am Nachmittag besuchen würde. Der interessiere sich, wie es in einem Stift zugehe. Er ist auch ein langjähriger Bekannter von Fritz. Sie haben zu dritt eine zeitlang gemeinsam Literatur gelesen. Fritz erinnert sich noch an die Lektüre von Joyces *Ulysses*. Gemeinsam haben sie sich damals das Werk schrittweise erarbeitet. Er freut sich, ihn wieder einmal zu treffen.

Nachmittags holt er Kuchen aus dem Café im Haus, kocht Kaffee und wartet am Empfang auf den Besuch. Die Begrüßung ist herzlich und freundschaftlich. Im Appartement sieht sich der Freund alles genau an und lobt die Einrichtung. Ihm gefallen die zwei Zimmer. Fritz erwähnt sofort, dass seine Freundin wesentlich dazu beigetragen habe.

Der üblichen Frage nach der Eingewöhnung weicht er aus. Alles wäre nicht so einfach, aber in seiner Wohnung beginne er sich wohlzufühlen. Er erzählt von einem Gespräch vom Vormittag auf dem Flur. Der Mitbewohner habe ihm berichtet, dass gestern bei einer Wanderung plötzlich ein Teilnehmer umgefallen sei. Der herbeigerufene Notarzt hätte nur noch den plötzlichen Herztod feststellen können. Während sie sich weiter unterhalten, stürmt und regnet es draußen. Fritz hat bei aller Anerkennung für sein Besitztum den Eindruck, dass sich sein Freund nicht vorstellen könnte, irgendwann hier einzuziehen. Der erwähnt, dass man nach einer gewissen Zeit hier wahrscheinlich fest sitze und kaum noch nach draußen kommen würde. Fritz stimmt zu, dass dies sich so entwickeln könnte, aber er würde schon gegensteuern. Aber insgeheim befürchtet er es. Dass er allmählich lieber in seiner sicheren Umgebung bleiben würde und sich schrittweise angewöhnen könnte, lieber in seiner Wohnung und im Heim zu bleiben, als jeden Tag nach draußen zu gehen.

Nach einer Stunde verabschiedet sich der Besuch. Fritz ist erleichtert, wieder allein in seiner Wohnung zu sein. An die Nähe von Krankheit und Tod, in der er jetzt lebt, denkt er nicht mehr. Auch ein plötzliches Gefühl von Alleinsein verschwindet schnell. Seine neue Situation fühlt sich für ihn angenehm an.

Beim Mittagessen setzt sich Fritz um die gleiche Zeit wieder an den Zweiertisch, an dem er schon einmal gesessen hat, und wartet auf die Frau, die er kennt. Sie kommt auch wieder etwas später und erzählt, sie sei gestern bei ihrem Sohn und dem Enkelkind gewesen. Sie spricht nur wenig von dem Besuch, dafür aber ausführlich von ihrem Einkauf auf dem benachbarten Wochenmarkt. Der finde immer Donnerstagvormittags statt und biete von Tee, frisches Obst und Gemüse, Blumen in Tontöpfen und an Nahrungsmitteln alles, was produziert und gebraucht wird. Fritz spricht davon, dass er gern das Einkaufen mit einem Spaziergang verbinde und deshalb bis zur Ortsmitte gehe. Praktischerweise läge da ein Biogeschäft, eine Apotheke und der Supermarkt nebeneinander. Im Biogeschäft kaufe er neben Datteln, Feigen und Nüssen auch Brot, Käse und Obst. Beim Discounter Mineralwasser, Salami, Margarine, Trauben und Orangen. Obwohl seine Freundin ihm empfohlen habe, in eine Drogerie zu gehen, hole er sich in der Apotheke Baldriantabletten, Flohsamen gegen Verstopfung, mit der ab und zu Schwierigkeiten habe, Vitamin C und B12. Auch Tabletten gegen Ängste, die ihn manchmal aus heiterem Himmel überfallen würden. Plötzlich befürchtet er, dass er zu persönlich geworden ist, aber sie spricht wie er über ihre Einkäufe und eine gesunde Ernährung. Auch sie habe mit Angstgefühlen zu tun. Schon bei nichtigen Anlässen würden sie bei ihr auftreten. Wenn sie zum Beispiel leichte Beschwerden im Rücken habe, male sie sich manchmal gleich aus, wie sich das verschlimmern könnte. Fritz bestätigt, dass es ihm ähnlich gehe.

Wieder wartet Fritz, der immer schnell isst, selbstverständlich mit dem Aufstehen, bis auch sie fertig gegessen hat, obwohl sie sehr langsam ist und er fast ungeduldig wird. Er will von ihr als höflich und freundlich wahrgenommen werden. Beide verabschieden sich dann auch mit dem gegenseitigen Wunsch für einen angenehmen Tag.

Nachmittags trifft er sich mit einem alten Bekannten, der auch noch nicht lange im Stift wohnt, im Café des Hauses. Mit ihm hat sich Fritz früher immer gern über philosophische Themen unterhalten, wobei es meist um den Existentialismus ging. Beide haben vor einiger Zeit gemeinsam einen Text von Hannah Arendt dazu gelesen und erinnern sich jetzt daran. Wie sie den Gedanken entwickelt, dass es kein Zufall sei, dass das Wort „Sein" in der mindestens hundertjährigen Geschichte dieser Philosophie durch das Wort „Existenz" ersetzt wurde. Wie alle die Einheit von Denken und Sein wiederherzustellen versuchten, wie sie die Harmonie dadurch erzielten, dass sie die Materie oder dadurch dass sie den Geist als alldurchherschend annahmen. Fritz erwähnt, dass man ja jetzt vom Gehirn-Bewusst-Problem spreche und für einen nichtkausalen Zusammenhang den Begriff „Supervenienz" eingeführt habe. Sein Bekannter kennt ihn in der Bedeutung, dass das Bewusstsein einseitig von einer neuronalen Grundlage abhänge, aber die Grundlage selbst nicht vom Bewusstsein. Es gäbe danach eine einseitige Abhängigkeit, keinen Dualismus. Beide bringen sich in ihrem Gespräch gegenseitig zum Reden und weiterführen ihrer Gedanken, unterhalten sich gut und trennen sich freundschaftlich.

Einige Tage später ist beim Essen auf einmal die Rede von einem neuen grippeähnlichen Virus, der zuerst in China aufgetreten sei und nun auch in der Lombardei entdeckt wurde. Man nenne ihn „Covid" oder „Corona". Man vermutet, dass in der zentralchinesischen Millionenstadt Wuhan der Virus möglicherweise durch einen Unfall in einem Hochsicherheitslabor freigesetzt worden sei. Die allgegenwärtige Kommunistische Partei unterdrücke ja jegliche Information über die Entwicklung der Seuche. Vielleicht hätten chinesische Touristen den Virus dann nach Europa eingeschleppt. In Italien würden Tageszeitungen mit Schlagzeilen aufmachen wie „Virus in Italien: Der erste Tote", „Italien ist infiziert", „Der Norden in Angst".

Eine Frau hatte gestern telefonisch Kontakt mit einer Bekannten im Piemont. Fast über Nacht sei eine Lawine ins Rollen gekommen. Die Zahlen der Covid-Erkrankten stiegen, nachdem die ersten Toten gemeldet wurden, fast stündlich. Das öffentliche Leben sei über Nacht weitgehend zum Erliegen gekommen. Die Behörden, in der verzweifelten Hoffnung, die Infektionsherde noch einhegen zu können, hätten Kleinstädte militärisch abgeriegelt. Bilder von Kontrollposten an den Ortszufahrten wären in den Zeitungen. Aus „Roten Zonen" dürfe niemand mehr heraus. Der Karneval in Venedig sei unterbrochen. Immer noch herrsche die Illusion, irgendwie lasse sich das Virus doch noch einfangen.

Am Mittagstisch ist allen klar, dass auch Deutschland von dieser Entwicklung ziemlich sicher betroffen sein würde, es nur eine Frage von Tagen sei. Wie würde das Heim darauf reagieren? Schließlich habe so etwas Europa seit 1945 nicht erlebt. Was hätte das für die Bewohner für Folgen?

Am nächsten Tag wird über den Ort Ischgl in Tirol geredet. Er hätte sich in den letzten Jahren zum Ibiza der Alpen entwickelt, einem hochpreisigen Party-Eldorado, in dem es beim Apres-Ski jeden Abend so richtig abgehe. Im Fernsehen und im Radio höre man, dass es in dem Tiroler Ski-Hotspot in kurzer Zeit schon mindestes 6000 Infizierte und 32 Tote gegeben habe und das natürlich mit dem Coronavirus infizierte Urlauber auch heimgekehrt seien. Es wird von einem „Tatort Ischgl" gesprochen. Alle haben Angst, dass sich so die Pandemie weiter ausbreitet. Manche hoffen, irgendwie lasse sich die Ausbreitung des Virus noch bremsen, aber alle fürchten sich davor, wie sich die Seuche im Stift entwickeln würde. Es wird von einem Kontakt mit einer Urlauberin aus Hamburg erzählt. Sie habe berichtet, dass alle Personen ihrer Reisegruppe ein positives Testergebnis mitgeteilt bekommen hätten. Covid sei nicht mehr aufzuhalten.

Als Fritz vom Essen zurückkommt, findet er im Briefkasten eine Sonderausgabe der Hausmitteilungen. Der Corona-Virus habe eine sehr unübersichtliche und sich schnell verändernde

Krisensituation verursacht. Ein Pandemieplan für das Stift sei erforderlich. Neben allgemeinen Hygienemaßnahmen, wie darauf zu verzichten, bei der Begrüßung sich die Hand zu geben, bei Husten und Niesen die Armbeuge zu benutzen, Abstand halten und bei Erkältungssymptomen in der Wohnung zu bleiben, seien weitergehende Einschränkungen notwendig. Sämtliche Veranstaltungen im Haus seien ausgesetzt, die Gemeinschaftsräume geschlossen, also das Schwimmbad, die Clubräume, das Theater, das Atelier, die Sporthalle und die öffentlichen Toiletten. Die Bibliothek bleibe geöffnet, damit man nach wie vor Bücher ausleihen und Zeitungen lesen könne, Man solle aber darauf achten, dass sich nur eine ganz kleine Anzahl von Menschen in ihr gleichzeitig aufhalten würden. Auch das offene Salatbüffet beim Mittagessen gäbe es nicht mehr, aber der Restaurantbetrieb solle vorerst weitergehen.

Am Nachmittag ruft sein Schachpartner an. Beide reden über eine mögliche Infizierung und dass es besser sei, sich jetzt nicht mehr zum Spielen zu treffen. Es sei schade aber nötig. Das Fernsehen zeigt lange Kolonnen von Militär-LKWs, die in Bergamo Särge abtransportieren. Im Radio ist jetzt die Rede von ungefähr tausend Toten an einem Tag in Italien.

Seine Freundin ruft abends an und fragt nach den Verhältnissen im Stift, wie die Entwicklung dort weitergehen würde. Fritz berichtet, dass wahrscheinlich bald ein Besuchsverbot käme. Dann könnten sie nur noch telefonieren. Er hoffe, dass er trotz allem richtig müde werden würde, und so ziemlich sicher auch einschlafen könne. Sie verabschieden sich mit dem gegenseitigen Wunsch, mit ihrer Angst vorsichtig umzugehen.

In den nächsten Tagen werden die Maßnahmen im Stift wie erwartet weiter verschärft. Durch eine Hausmitteilung werden die Bewohner aufgefordert, möglichst im eigenen Appartement zu bleiben. Sie werden nochmals daran erinnert, die bekannten Hygieneregeln einzuhalten und Kontakte zu meiden. Sämtliche Nebeneingänge würden geschlossen. Man solle darauf achten, dass keine betriebsfremden Personen das Haus mit einem Bewohner gemeinsam betreten würden. Es wird entschieden, dass ab sofort Frühstück, Mittagessen und Abendbrot auf die Zimmer gebracht wird, das Restaurant geschlossen bleibt. Die Verteilungszeiten sind festgelegt, und es wird darum gebeten, bei der Mittagsessenausgabe unbedingt im Appartement anwesend zu sein. Es sei besonders wichtig, dass man mittags angetroffen wird, da mit der Verteilung des Essens die notwendige Vitalkontrolle durchgeführt werde. Man erhalte die drei Mahlzeiten zum bisherigen „Mittagspreis" ohne Aufschlag.

Fritz wartet um halb zwölf auf die Verteiler mit ihren Essenswagen, nimmt an der Türe das Plastikgeschirr entgegen und isst sofort an seinem Schreibtisch. Nachmittags werden ab 14 Uhr Abendessentüten an die Klinke der Appartementtür gehängt. Es wird erwartet, dass diese schnell hereingeholt werden, da Kühlung für das eine oder andere Produkt angebracht sei. Auch die Frühstückstüten sind ab 7 Uhr vor der

Türe. Sonderwünsche sind nicht mehr möglich. Alle Bewohner bekommen jetzt das gleiche Essen. Die wöchentliche Zimmerreinigung findet weiterhin statt.

Er trifft auf dem Gang vor dem Zimmer den Mitbewohner, den er vom Kegeln kennt. Beide beklagen die fehlenden direkten Kontakte nach innen und außen, die das Telefonieren nicht ersetzen kann. Man komme sich richtig eingeschlossen vor, was ja auch so sei. Wenigstens sei es nicht verboten, im Freien einen Spaziergang zu machen. Fritz läuft anschließend den Rundweg, den er sich ausgesucht hat, natürlich alleine. Danach fühlt er sich besser.

Am Nachmittag geht er zum verabredeten Termin zur Fußpflege im Haus. Der Salon bleibt für medizinische Versorgung geöffnet. Die Pflegerin weiß nichts von Infektionsfällen im Haus, aber auch sie hat Angst vor einer Ansteckung. Ihre Arbeit an den Füßen von Fritz macht sie wie gewohnt. Zurück in seinem Zimmer hat der das Gefühl, seine eigene Angst wenigstens einigermaßen unter Kontrolle zu haben.

Tage und Wochen vergehen und Fritz fühlt sich zunehmend einsamer. Er verdrängt diese Stimmung, indem er den ganzen Tag einen Musiksender im Radio hört. Es ist Popmusik unterbrochen von Nachrichten, Comedyszenen und Gesprächen zwischen Hörern und Moderatoren über Alltagsprobleme. Gleichzeitig liest er mehrere Bücher. Am interessantesten findet er Kriminalromane. Er hat sich eine Neuerscheinung von seiner Buchhandlung zuschicken lassen. Es handelt sich um einen Kampf von Mafiagangs in der Nähe von New York. Außerdem eine Sammlung von Reden und Aufsätzen des Philosophen Sloterdijk über das 20. Jahrhundert, die ihm ein Bekannter vor längerer Zeit zum Geburtstag geschenkt hat. Und er beschäftigt sich mit einem neu erschienen Roman, dessen Protagonist ein Querdenker ist, der als Mitgründer einer neuen Religionsgemeinschaft sich mit der Proklamation der sogenannten Hohlwelt-Theorie einen Namen macht. Die Menschheit, so diese Theorie, lebe nicht auf sondern in einer Kugel, außerhalb der nichts existiere.

Da gegenseitiger Besuch im Heim möglichst unterbleiben soll und Gruppentreffen nicht mehr stattfinden, telefoniert er viel, vor allem mit seiner Freundin und einem Bekannten, mit dem er schon länger befreundet ist. Es wird viel über Corona geredet, dass man froh sein kann, nicht infiziert zu sein. Vor allem klagt Fritz über den fehlenden Kontakt zur Außenwelt und bekommt von ihnen großes Verständnis. Auch sie sprechen über die Einschränkungen, die der Virus ihnen aufzwingt. Und wie sie die Nachrichten über steigende Infektionszahlen und die vielen Toten erleben. Wie die schrecklichen Vorgänge sie psychisch belasten, wie sie Angst haben, die bei ihnen zu depressiven Stimmungen führt, wie auch sie fehlende Gruppenkontakte beklagen.

Noch ein paar Wochen später kommt es zu einer Änderung im Heim. Bei der täglichen Essensausgabe mittags wird bekanntgegeben, dass ab sofort das Essen wieder im Restaurant stattfindet, und zwar in drei Schichten. Man müsse sich für eine Schicht entscheiden und bekomme dann einen Tisch zugewiesen. Am nächsten Tag entscheidet sich Fritz für die dritte Schicht. Er hat dabei die Vermutung, dass das problemlos geht, weil den meisten Bewohnern die Schicht eins oder zwei zwischen 11:30 und 13 Uhr lieber sein wird, die dritte Schicht also weniger gefragt ist.

Es vergehen noch zwei Tage, bis er seine Tischnummer bekommt und zum Essen nach 13 Uhr ins Restaurant gehen kann. Er sitzt mit dem Rücken zur Wand, an den Zweiertischen neben ihm links und rechts jeweils eine Frau. Er kennt beide Frauen nicht, fühlt sich auf seinem Platz unwohl und weiß nicht, warum. Er hat jetzt wenigstens einmal am Tag einen regelmäßigen Kontakt, auf den er sich aber nicht freut. Im Stillen macht er sich deswegen Vorwürfe.

Anders als vor dem Auftreten des Virus sitzt er jetzt jeden Tag um die gleiche Zeit am gleichen Platz mit den gleichen Menschen zusammen, ohne es sich selbst herausgesucht zu haben. Warum er die Änderung nicht als angenehm, als Fortschritt erlebt, versteht er zuerst nicht, obwohl die feste Gewohnheit gegenüber vorher eine Erleichterung sein könnte. Neu für ihn ist aber, dass er ab sofort genötigt ist, sich jeden Tag auf die gleichen zwei Frauen wenigsten etwas einzulassen. Diese Situation ist für ihn ein weiterer Zwang und keine Verbesserung. Er vermutet, dass so die Organisation des Essens für die Leitung des Heims erleichtert wird.

Gegenüber einer der beiden Frauen sitzt ein Mann, der allerdings nach ein paar Tagen nicht mehr erscheint. Aber die Frau kommt in immer ausgewählterer Kleidung zum Essen. Fritz hat den Eindruck, sie will sich ihm annähern, während er vor ihr zurückschreckt. Sie scheint ihm eine Frau zu sein, die Männer gerne steuert und beherrscht. Da sie aber jeden Tag neben ihm sitzt, kann er den Kontakt zu ihr nicht völlig unterlassen.

Als er einmal erzählt, er besitze verschiedene Kakteen, während sie von Blumen in ihrem Zimmer spricht, fragt sie ihn, ob er sie auch regelmäßig düngen würde. Als er verneint, bietet sie ihm an, den Dünger zu besorgen. Fritz will nicht unfreundlich erscheinen, zögert zuerst, nimmt dann das Angebot an und schon zwei Tage später bringt sie ihm Kakteendünger mit. Er will bezahlen, aber sie betrachtet es als Geschenk. Als

die andere Frau rechts von ihm nach einiger Zeit nicht mehr
kommt, fühlt er sich fast gezwungen, mit der eleganten Frau
neben ihm immer wieder wenigstens ein paar Worte zu wech-
seln. Er kann sich nicht durch Schweigen, das er ab und an
praktiziert, der Lage gänzlich entziehen, und gewöhnt sich an,
noch eiliger als sonst zu essen, schnell seinen Platz zu verlassen. Und er beginnt, sich jeden Tag vor dem Mittagessen etwas
zu fürchten. Er versteht selbst nicht richtig, warum er so reagiert, und kann es nur so erklären, dass er zu einem solchen
Typ Frau wahrscheinlich viel mehr Distanz wünscht als es die
Situation erlaubt.

14

Das wöchentliche Putzen seiner Wohnung wurde nicht unterbrochen. Fritz muss wie immer zeitiger als gewohnt aufstehen, weil er vorbereitet sein will, wenn um acht Uhr die Reinigungsfrau kommt. Pünktlich wird an seiner Wohnung geklingelt. Nach der freundlichen Begrüßung setzt er sich eine Atemmaske auf und geht aus dem Zimmer in den Vorraum auf dem Flur. Das wird erwartet, weil die Angst vor einer möglichen Ansteckung immer noch sehr groß ist.

Während er Zeitung liest, kommt aus einem benachbarten Zimmer die Bewohnerin und setzt sich neben ihn. Bei ihr wird um die gleiche Zeit geputzt. Aus einer weiter entfernten Wohnung dringen Trommelgeräusche zu ihnen. Sie erzählt, dass eine Frau, mit der sie jahrelang Wand an Wand gewohnt hat, im Krankenhaus gestorben sei. Fritz hat sie vom Sehen her auch gekannt. Woran wissen sie nicht, aber der Tod ist direkt anwesend.

Eine Servicekraft bringt eine Hausmitteilung vorbei, steckt sie in die Briefkästen und weist darauf hin, dass es jetzt einen Impftermin für das ganze Haus und das Personal gebe. Man müsse sich dazu anmelden. Die Nachbarin spricht davon, dass sie schon geimpft sei und keinerlei Nebenwirkungen bekommen habe. Er brauche keine Angst zu haben.

Fritz ist sofort klar, dass er dass Impfen nicht vermeiden kann, dass so etwas unklug wäre. Zurück in seiner Wohnung, füllt er den Anmeldezettel aus, obwohl er Befürchtungen hat. Aber die Angst vor einer möglichen Infizierung, vor der er sich hoffentlich schützen kann, ist bei ihm größer.

Beim Gang zum Mittagessen gibt er das Formular beim Empfang ab. Als er an seinem Platz sitzt, geht gerade eine Frau vorbei, die vollständig schwarz angezogen ist. Seine Nachbarin neigt ihren Kopf näher zu ihm und im Flüsterton erzählt sie, dass der Mann dieser Frau vor kurzem gestorben sei. Aber es sei nicht Corona gewesen, sondern ein Schlaganfall, den er nicht überstanden habe. Wieder wird Fritz unmittelbar herausgefordert, an seinen eigenen Tod zu denken, an dessen Endgültigkeit und seine Angst vor ihm.

Schon nach zwei Tagen wird ihm sein erster Impftermin mitgeteilt. Alles ist gut organisiert. Zur vorgesehenen Uhrzeit geht er zu dem Saal, der dafür vorgesehen ist und wird auch sofort in einen freien Impfbereich eingewiesen. Er muss noch unterschreiben, dass er über mögliche Nebenwirkungen belehrt wurde und kommt dann zu einem Arzt, der die Spritze setzt. Nachdem er den Eintrag in seinem Impfbuch bekommen hat, sitzt er noch zehn Minuten in einen Nebenbereich und kann dann gehen. Die zweite Impfung verläuft genauso. Vierzehn Tage später fühlt er sich erleichtert darüber, dass er es ohne irgendwelche Folgen hinter sich gebracht hat.

Wieder sitzt er in seiner Wohnung in seinem Sessel und blickt durch das Fenster auf den Horizont, weit außen. Da kommt plötzlich von rechts ein Eichhörnchen auf dem Geländer der Loggia und bleibt in seinem Gesichtsfeld stehen. Es wendet sich vor- und rückwärts und kratzt sich mit dem Fuß am Bauch. Dann läuft es weiter nach links und blickt kurz zu ihm, obwohl es wahrscheinlich nicht durch die Fensterscheibe in das Dunkel des Zimmers sehen kann.

Als es verschwunden ist, steht Fritz auf und geht nach draußen. Vielleicht würde er es nochmal sehen. Aber es ist nicht mehr da.

15

Fritz besucht weiterhin seinen alten Bekannten. Diesmal bringt Fritz ihm gegenüber das Gespräch auf das Impfen. Er drückt seine Hoffnung aus, dass er jetzt vor Corona geschützt sei. Doch der spricht über gefährliche Folgen, die das Impfen haben könnte. Er wolle sich diesem Risiko nicht aussetzen, habe Angst davor, was der Impfstoff in seinem Körper unter Umständen anrichten könnte. Er drückt sich nicht klarer aus, bleibt aber dabei, dass man dies sinnvollerweise unterlassen sollte, trotz der Gefahr, die natürlich von dem Virus ausgehe. Fritz beschleicht ein Angstgefühl, er fühlt sich in der Situation nicht genügend geschützt und geht bald wieder.

Im Aufzug nach oben spricht ihn eine Frau an, die er schon auf seiner Etage gesehen hat. Sie zeigt auf seine Schuhe und weist ihn darauf hin, dass er zu lange Schnürsenkel habe. Warum er sie nicht kürze? Jemand könne über sie stolpern. Fritz blickt irritiert nach unten und bemerkt zu ihr, dass er das für unmöglich halte.

Zurück in seinem Zimmer schiebt er seine Angst vor Corona beiseite und tröstet sich damit, dass er bei dem Treffen wenigstens eine Maske aufgesetzt hatte. Ihm fällt ein, dass er die Pflanze, die auf einem Schränkchen in der Loggia steht, noch gießen muss. Als er das erledigt hat, findet er auf dem Boden ein Laubblatt, hebt es auf und wirft es über die Brüstung. Er staunt kurz darüber, dass es nicht nach unten fällt, sondern hochwirbelt, bis er es nicht mehr sieht.

16

Einige Tage später kommt abends die Dame vom Bewohnerservice, die für ihn zuständig ist, zu ihm. Er hatte seit seinem Einzug keinen Kontakt mehr zu ihr und ist erstaunt darüber, dass sie ihn so spät noch besucht, ohne sich vorher anzumelden. Sie beginnt sofort davon zu sprechen, dass er möglicherweise Kontakt zu einem Infizierten gehabt habe. Sie erwähnt keine bestimmte Person, aber Fritz denkt sofort an seinen Bekannten. Er müsse einen Schnelltest machen, den sie dabei habe.

Nach ungefähr fünf Minuten bangen Wartens steht fest, dass er infiziert ist. Plötzlich kommt noch die Ärztin des Hauses dazu. Fritz hatte bei ihr gestern sein Blutbild untersuchen lassen. Sie spricht aufgeregt davon, dass das Ergebnis sehr schlecht sei. Vor allem sei abzulesen, dass mit seinem Herz einiges nicht in Ordnung sein müsse. Beide Frauen empfehlen ihm, sich sofort im nächstgelegenen Krankenhaus untersuchen zu lassen. Er müsse auf jeden Fall isoliert werden.

Bei Fritz sträubt sich alles dagegen. Er sucht einen Ausweg und ruft seine Freundin an. Glücklicherweise erreicht er sie sofort und schildert ihr sein Problem. Auch sie rät ihm, dass zu tun, was die Ärztin vorschlage. Fritz beugt sich dem Willen der Frauen.

Ein Rettungsdienst wird angerufen. Fritz hat vor einiger Zeit für diesen Fall eine Tasche vorbereitet. Während sie Warten, packen die Frauen noch ein paar Sachen zusätzlich hinein. Auch eine Patientenverfügung, die sie wie zufällig auf dem Schreibtisch finden, wird dazu gelegt. Fritz steht verwirrt im Zimmer und lässt alles um ihn herum widerstandslos geschehen. Alles geht ganz schnell. Zwei junge Männer kommen mit einer fahrbaren Bahre, auf die er gelegt und dabei angeschnallt wird. Sie bringen ihn zum Hinterausgang, vor dem sie geparkt haben. Auf dem Weg dahin treffen sie auf niemand.

Nach zehn Minuten Autofahrt sind sie im Krankenhaus und die Männer melden ihn im Eingangsfoyer an. Er wird von ihnen noch in ein Untersuchungszimmer gebracht. Fast besinnungslos ist Fritz angekommen.

Nach kurzer Zeit treten ein Arzt und eine Krankenschwester dazu. Er wir aufgefordert, sich auszuziehen. Seine Sachen werden in einen Kleidersack gelegt, und er bekommt einen Nachtumhang. Die Schwester drückt ihm eine Bettflasche in die Hand und fordert ihn auf, Wasser zu lassen. Er bemüht sich, aber vor lauter Aufregung gelingt es ihm nicht. Fast zwanghaft versucht er es, wieder und wieder. Eine neue Krankenschwester, die dazu gekommen ist, wird ärgerlich. So lange könnten sie nicht warten.

Schließlich entscheidet der Arzt, ihm einen Katheder in den Penis einzuführen, für Fritz ein schmerzhafter Vorgang. Auf einem Bett wird er dann durch endlose Gänge und durch mehrere Türen in einen Raum geschoben, in dem er von vielen Monitoren und von zahlreichen Schläuchen umgeben auf einem Bett liegt. Verwirrt und halbwach erlebt er, wie um ihn und mit ihm hantiert wird. Er merkt aber, dass er nicht der einzige Patient ist, der in diesem Raum untersucht wird. Ärzte kommen und gehen. Mit ihm wird nicht gesprochen. Er kann nicht schlafen, aber die Nacht vergeht für ihn schnell.

Am nächsten Morgen wird er in ein normales Zweibettzimmer geschoben. Es scheint ein Isolationszimmer zu sein, da die Schwestern nur vermummt und mit Kopfhauben ein- und ausgehen. Ein Mitpatient wird neben ihn gelegt. Der hat offensichtlich Atmungsbeschwerden und hustet fast ohne Unterbrechung. Reden mit ihm scheint unmöglich zu sein. Mehrfach wird bei Fritz Fieber gemessen und Blut entnommen. Außerdem schluckt er Tabletten und es werden ihm verschiedene Flüssigkeiten zugeführt.

Ein Arzt erklärt ihm, dass Untersuchungsergebnisse abgewartet werden müssten. Fritz fallen vor lauter Angst keine weiteren Fragen ein. Er fügt sich in seine neue Situation.

18

In den nächsten Tagen bekommt er jeden Nachmittag die Mitteilung, er habe noch Corona. Es passiert nichts, außer dass ihm seine Werte mitgeteilt werden, er Abführmittel bekommt, an Infusionen hängt, die Zeitung liest, die jeden Morgen vom Krankenhaus gestellt wird. Über seinem Bett ist ein Fernsehapparat angebracht, mit dem er auch Radio hören kann. Er liegt dauernd und steht nur manchmal für fünf Minuten auf. Das geht aber nur, wenn er nicht an einer Infusion hängt. Da sein Urin über einen Schlauch in einen Beutel fließt, muss er den mittragen.

Er läuft hinter den zwei Betten hin und her und betrachtet seinen Bettnachbarn aus dieser anderen Perspektive. Der liegt mit geschlossenen Augen auf dem Rücken und hustet dauernd. Wenn Fritz sich dann wieder hinlegt, muss er vorsichtig den Urinbeutel erneut ans Bett hängen. Nachrichten über eine sogenannte Killerwelle im Land berühren ihn kaum. Ab und zu schrecken ihn manche Hustenanfälle seines Bettnachbarn besonders auf, weil sie wie Pistolenschüsse klingen. Regelmäßig bekommt er Schmerzmittel und abends ein Schlafmittel, für das er dankbar ist, weil er sonst nicht schlafen könnte.

Jetzt bedauert er, kein Handy angeschafft zu haben. Das Telefon über seinem Bett, dass er umständlich mit einer Karte benützen kann, gebraucht er fast nur zum Kontakt mit seiner Freundin. Die ruft ihn täglich zweimal an, vormittags und am

Abend. Der Urin im Beutel wird jeden Tag von den Schwestern, wenn sie ihn entleeren, kritisch beäugt, welche Färbung er hat, wieviel Blut noch mit ihm abläuft. Beim Telefonieren mit dem Heim wird ihm versichert, dass seine Pflanzen und der Kühlschrank versorgt und sein Briefkasten mit seinen Zeitungen regelmäßig geleert würden. Seine Termine haben er und seine Freundin abgesagt. So döst er Tag für Tag vor sich hin. Da Besuche natürlich nicht erlaubt sind, kommt er sich allein und verlassen vor.

Plötzlich stehen ein Arzt und eine Krankenschwester vor seinem Bett und verkünden ihm, jetzt würde der Katheder entfernt. Sie gehen zusammen ins Badezimmer und der Arzt zieht den ihn vorsichtig aus dem Penis. Dann wird Fritz aufgefordert Wasser zu lassen. Das geht ohne weiteres, aber als aufhört zu urinieren folgt dem Urin ein starker Schwall Blut, der nicht aufhören will. Alle sind sehr erschrocken. Sofort wird der Katheder wieder zurück in den Penis geführt. Der Arzt sagt, man müsse operieren. Schon zwei Tage später ist es soweit. Sein Bett wird wieder durch lange Gänge und mehrere Türen geschoben, bis in den Operationssaal. Fritz wird noch gesagt, er bekäme jetzt eine Vollnarkose, dann ist er weg.

In einem Nebenraum wacht er wieder auf. Er erfährt, man habe Blase und Harnröhre untersucht und zwei Stellen verödet. Ohne Katheder kommt er wieder in sein altes Zimmer. Ängstlich beobachtet er die nächsten Tage seinen Urin, aber er ist nun frei von Blut.

Dann kommt die freudige Nachricht, seine Corona-Werte seien in Ordnung. Eine Ärztin teilt ihm mit, man wolle noch sein Herz untersuchen, er würde auf die Kardiologie verlegt. Das geschieht. Er kommt in ein Dreibettzimmer auf einer anderen Etage. Hier liegt er einen Tag lang mit zwei alten Herren zusammen, die fast nichts reden.

Wieder ist er im Operationssaal. Ihm wird mitgeteilt, er bekäme unter örtlicher Narkose einen Katheder ins Herz eingeführt. Während dies gemacht wird, sprechen Arzt und Schwester für ihn undeutlich miteinander. Ihm wird dann gesagt, man habe eine Verstopfung festgestellt und müsse gleich einen sogenannten Stent einsetzen. Nach dem Eingriff schieben sie ihn wieder in ein anderes Zimmer. Der Arzt sagt ihm, man müsse noch eine zweite Herzuntersuchung, diesmal über die Leiste, machen. Auch das geschieht. Anschließend teilt man ihm nur mit, er brauche keinen Herzschrittmacher. Da sein Urin blutfrei sei, könne er entlassen werden. Er ist jetzt insgesamt drei Wochen in der Klinik. Am nächsten Morgen bringt ihn, da er etwas unsicher auf den Beinen ist, ein Taxi zurück ins Heim. Dabei hat er eine Bescheinigung, dass er nicht mehr isoliert werden müsse.

Hier hat man offensichtlich über ihn gesprochen. Sobald er aus seinem Zimmer geht, wird er im Flur, vor und im Aufzug und auf dem Weg zum Essen angesprochen, auch von Bewohnern, die ihm völlig unbekannt sind. Er wird dauernd gefragt, wie es ihm gehe. Er gewöhnt sich schnell an, „altersgemäß" zu antworten und kein Gespräch anzufangen. Die Fragerei empfindet er zunehmend als lästig. Er spürt Neugier ohne richtige Anteilnahme.

Bei der Ärztin des Hauses legt er den Bericht des Krankenhauses vor. Die macht ihm einen Medikationsplan und schreibt ihm ein Rezept für die verschiedenen Mittel, die er nun nehmen muss. Noch am gleichen Tag holt er sie aus der Apotheke. Während seiner Abwesenheit hat sich im Tagesablauf im Heim nichts geändert. Immer noch bekommt er sein Essen im Restaurant an dem Platz, an dem er sich schlecht fühlt. In seiner ganzen Umgebung empfindet er ein Unwohlsein.

19

Neuerdings setzt sich Fritz gern auf eine Bank im Freien vor dem Empfangsbereich. Als sich ein Mann neben ihm platziert, ergibt sich ein Gespräch, wie er es schon ab und zu geführt hat.

Der Mann fängt an, von den armen Südeuropäern zu reden, die jetzt kaum noch ihren Unterhalt bestreiten könnten, weil der Tourismus zusammenbreche. Fritz redet heftig davon, dass sie auch schon vorher, vor dem Touristenboom früher ihr Auskommen hatten. Der Mann antwortet nicht mehr, und es entsteht ein feindseliges Anschweigen.

Fritz denkt plötzlich daran, wie er in seiner Jugend auch aus einer unangenehmen Lage geflohen war. Damals ging er öfter zum Tanzen in ein Café in der Stadt. Er saß einmal mit zwei Frauen an einem Tisch und forderte eine von ihnen öfter auf. Spürte ihren Körper beim Tanzen. Als die Kapelle Schluss machte ging er mit ihr zur Garderobe und fragte, ob er sie nach Hause bringen dürfte. Sie nickte nur und beide fuhren mit seinem Auto zu ihr. Dort angekommen betraten beide ihre Wohnung. Sie legte eine Schallplatte auf: *Stranger in the night* wurde gesungen. Ihm wurde erst jetzt richtig klar, was sie von ihm wollte. Und er hatte nur noch das Bedürfnis abzuhauen, was er dann auch wortlos tat.

Genauso rettet er sich jetzt durch Flucht aus der bedrohlich erlebten Situation, zieht sich verwirrt zurück.

Als er in seinem Zimmer ist, fühlt er sich ablehnt und zunehmend isoliert, weil ihm Ähnliches inzwischen auch schon bei anderen Gesprächen passiert ist.

Er erinnert sich, wie ihm gegenüber von Stalingrad als bedauerlicher Fehler gesprochen wurde, er heftig widersprochen hatte und sein Gegenüber abrupt aufstand und ohne sich zu verabschieden ging. Oder als einer davon redete, er habe die Polen als faule Polacken erlebt, Fritz fragte, ob er das wirklich meine und keine Antwort bekam sondern nur Schweigen.

Ihm wird immer klarer, dass er sich genau überlegen muss, was er sagen kann und was nicht, wenn er mit anderen Heimbewohnern zusammentrifft. Ihm drängt sich wieder die Frage auf, ob er in die Gemeinschaft gehört. Er überlegt, ob er sich mehr anpassen muss, ob er das soll oder ob er das nicht will. Dann legt er sich zum Ausruhen auf sein Bett und schläft ein.

Als er wieder aufwacht, erinnert er sich an den Traum, den er eben hatte. Er ging zusammen mit einer Gruppe durch die Straßen einer großen Stadt. Auf einem bestimmtem Platz blieben sie stehen. Die Gruppe teilte sich inzwischen, und er weiß nicht, wie er zu seinem Ziel, dem Bahnhof, kommen soll.

Dann liest er in seiner Tageszeitung. In einem langen Artikel geht es um einen ungeklärten Todesfall eines Ausländers in einem Polizeirevier.

20

Wie immer geht er pünktlich zum Mittagessen. Auf dem Weg zum Aufzug trifft er auf einen Mann, der im gleichen Flur wohnt. Er kommt gerade vom Essen und spricht Fritz an.

Es geht ihm um Proteste gegen die offizielle Klimapolitik, um Ordnung, die Deutsche wollen, um Krawalle in Badeanstalten. Auch das Wort „Überfremdung" fällt und von „Rasse" ist die Rede. Fritz hört zu und antwortet, es sei nicht angebracht, das Wort noch zu verwenden. Der Mann erwähnt, dass es im Duden stehe und geht weiter.

Als der Aufzug wieder einmal kommt, will Fritz einsteigen. Obwohl die Aufzugstür aufgeht, bleiben zwei Frauen, die miteinander sprechen, im Aufzug stehen. Fritz bewegt sich auf die Tür zu, als eine von ihnen plötzlich aussteigen will. Sie weist Fritz zurecht, er sei zu schnell. Erschrocken versucht er auszuweichen. Vor dem Eingang zum Restaurant wartet schon die nächste Schicht. Die beginnt erst, wenn die Tische neu eingedeckt sind. Währenddessen begrüßen sich viele und tauschen sich aus. Auch Fritz versucht einen Mann, mit dem er schon geredet hat und an dessen Namen er sich zufällig erinnert, anzulächeln. Doch der sieht an ihm vorbei, läuft grußlos einige Schritte von ihm weg. Fritz beschleicht ein Gefühl der Ausgrenzung.

Dann sitzt er an seinem Platz, neben seiner täglichen Nachbarin. Er empfindet, dass sie sich neuerdings von ihm abwendet und ihn anschweigt. Es kommt zu keinem Gespräch, obwohl ihm viele Belanglosigkeiten durch den Kopf gehen, die er aber nicht ausspricht. Er ist mit seiner Umgebung nicht verbunden, fühlt sich einsam und allein.

Zurück in seinem Zimmer, fühlt er sich noch stärker wie bisher wie in einem Gefängnis, wie ein Fremdkörper, der seine Freiheit verloren hat. Es ist nicht nur eine vom Virus erzwungene Situation, sondern auch eine fehlende soziale Akzeptanz, die seine Gedanken zunehmend beherrscht. Er gehört einfach nicht dazu.

Um nicht untätig herumzusitzen, entschließt er sich, ein Angebot des Hauses auszuprobieren, und geht zu dem Raum im Untergeschoss, in dem verschiedene technische Geräte zum Körper- und Muskeltraining stehen. Als er auf dem Weg dorthin an einem Seitengang vorbeigeht, hört er ein Geräusch, als ob etwas auf den Boden prallen würde.

Er geht zurück und findet einen alten Mann daliegen, der offensichtlich nicht selbst wieder aufstehen kann. Zufällig steht ein Stuhl in der Nähe. Fritz zieht ihn heran und versucht den Mann hochzuheben. Hinter ihm geht jemand vorbei. Fritz ruft nach, ihm mitzuhelfen, aber der geht hinter seinem Rücken einfach weiter und vorbei, ohne zu reagieren.

Schließlich gelingt es Fritz alleine, den Mann auf dem Stuhl zum Sitzen zu bringen. Dann telefoniert er mit dem Empfang, damit ein Pfleger den Mann abholt. Der bleibt stumm und stöhnt nur. Er scheint nichts gebrochen zu haben. Nachdem schnell Hilfe gekommen ist, geht Fritz weiter zum Training. Als er ein paar Geräte eine halbe Stunde ausprobiert hat, geht er zurück in sein Zimmer.

Hier scheint ihm das einzig Aufhellende in seinem Leben der Besuch seiner Freundin zu sein, die öfters nachmittags vorbei kommt. Da sie ja nicht in seine Wohnung darf, gehen sie im Park um das Haus spazieren, vorbei an den meist fremdländischen Sträuchern und Baumarten, die hier eingepflanzt sind.

Mit ihr spricht er über seine gedrückte Stimmung. Sie hört ihm aufmerksam zu, ohne seine Empfindungen direkt anzusprechen und drückt nur allgemein ihr Verständnis aus. Doch dann bricht es beim Weggehen einmal spontan aus ihr heraus, dass sie es hier nicht aushalten würde. Sie verstehe allmählich jeden, der sich weigert, in ein Heim zu gehen.

Fritz ist überrascht von der Heftigkeit, mit der sie das ausdrückt. Ihre Reaktion geht ihm anschließend nicht mehr aus dem Kopf, und seine Entscheidung hier einzuziehen, wird für ihn immer fraglicher.

Ihm geht eine Jugenderinnerung durch den Kopf. Es war in einem Zeltlager auf einer Lichtung im Wald. Mehrere Jungens stürzten sich auf ihn. Er wurde auf den Waldboden gedrückt, eine Wolldecke über seinen ganzen Körper geworfen. Er bekam Angst zu ersticken. Da entschied er, sich flach auf den Boden zu legen und sich nicht mehr zu bewegen. Plötzlich spürte er, dass die Jungs über ihm verstummten und um ihn

Angst bekamen, sie erschrocken waren, vielleicht an mögliche Folgen ihres Tuns dachten, während er nur dalag und genügend Luft zum Atmen hatte. Sie nahmen schnell die Decke weg. Er stand auf und spürte einen versteckten Triumph, die Gruppe stand untätig um ihn herum und er ging einfach nur weg. Fritz fragt sich, ob er nicht nur zufällig an dieses Ereignis denkt, es eine gewisse Bedeutung hat.

Er entschließt sich, noch Einkaufen im Lebensmittelladen zu gehen. Was er braucht hat er schon auf einem Zettel notiert.

Da er sich im Laden noch nicht richtig auskennt, muss er umständlich nach dem suchen, was er kaufen will. Vor dem Warengestell für das Obst steht neben ihm eine Frau. Er kennt sie nicht, aber sie fragt ihn überraschend, welche der beiden ausliegenden Birnensorten sie nehmen solle. Fritz kennt eine davon schon und empfiehlt sie der Frau als gutschmeckend.

Als er sich anschließend in die Schlange vor der Kasse stellt, sieht er aus der Entfernung, wie sie seinem Vorschlag folgt. Er freut sich über den Kontakt.

21

Auf dem Rückweg trifft er im Flur vor seinem Zimmer auf die Frau, die in der Wohnung neben ihm lebt. Er hat sie länger nicht gesehen und hatte sich auch keine Gedanken um sie gemacht. Jetzt erzählt sie, dass sie vor dem Eingang des Hauses ausgerutscht und gestürzt sei, sich den rechten Oberschenkel gebrochen habe, operiert werden musste und anschließend in der Reha war. Er sehe ja , sie brauche nun einen Rollator. Es sei nicht einfach, sich daran zu gewöhnen.

Als sie wieder in ihr Zimmer geht, versucht Fritz ihr trotzdem einen guten Tag zu wünschen. Aber sie wendet sich ohne Erwiderung ab und schließt die Tür hinter sich. In seiner Wohnung steigt in ihm wieder das Gefühl auf, verlassen und abgelehnt zu sein. Er macht sich Vorwürfe, sich ihr gegenüber nicht einfühlsam genug verhalten zu haben. Aber er muss auch wieder an das Treppensteigen in seiner alten Wohnung denken, an die möglichen Schwierigkeiten, die er in seiner jetzt neuen Umgebung nicht hat.

Ihm gehen Bruchstücke des Traums, den er in der vergangenen Nacht hatte, durch den Kopf. Das meiste davon hat er vergessen, aber er weiß noch, dass er mit seinen Eltern auf dem Sofa des Wohnzimmers saß. Sein Vater lässt ein Lied, das von seinem Onkel handelt, spielen. Er muss dabei weinen, empfindsam und sorgenvoll wie seine Mutter. Irgendwie weiß Fritz noch, dass er zum Verlassen seiner Umgebung gezwungen wird. Mehr kann er nicht zurückrufen. Und er hat wieder Angst, angesteckt zu werden, obwohl von Infektionsfällen im Haus nichts mehr bekannt ist und wahrscheinlich auch die meisten geimpft sind.

Während er sich erinnert, klappert der Deckel seines Briefkastens. Seine Zeitung ist gekommen. Er holt sie sich und beginnt zu lesen. Ein Artikel ist überschrieben: „Keine Luft mehr". Er handelt von einer Frau, die an einem Projekt für ein Architekturbüro arbeitet und gleichzeitig einen einjährigen Sohn hat, für den sie sorgen muss. Ihr Pandemietakt: Aufstehen, Kind versorgen, arbeiten und vom Computer direkt wieder ins Bett. Irgendwann konnte sie nicht mehr atmen, ihr war schwindlig, sie war panisch. Das Beispiel belege, wie für viele Stress, Angst und Überforderung in der Krise die Gefühle bestimmen. Immer mehr Menschen würden an Depression und Angststörungen leiden. Doch es gebe nicht genügend Therapieplätze.

Seine Situation ist eine ganz andere, aber auch er ist der Pandemie ausgeliefert. Er fühlt sich eingesperrt, abgeschlossen von der Umwelt, mehr isoliert als mit seiner Umgebung verbunden. Wieder und wieder erlebt er sich als sozial nicht akzeptiert. Er will raus, ohne Angst Freiheit und Gleichheit leben. Beides fehlt ihm und er spürt den Mangel immer stärker.

Führt seine Belastungssituation vielleicht zu einer psychischen Erkrankung? Wie kräftig ist seine sogenannte „Resilienz", seine individuelle Widerstandsfähigkeit? Er fragt sich jetzt dauernd, was er tun soll. Verzichten auf die Sicherheiten hier?

Trotz aller Bedenken scheint ihm aber sein altes Leben vor dem Umzug in einem immer freundlicheren Licht. Er war doch damals glücklicher. Nicht den Einschränkungen und Erwartungen des Heims ausgeliefert.

Von Tag zu Tag beginnt er immer mehr so zu denken. Handlungsdruck baut sich in ihm auf.

22

Inzwischen vergeht Woche um Woche. Das Leben im Heim wird für ihn immer unerträglicher. Beim Warten auf den Aufzug sagt eine Frau zu ihm: „Wer das Leben nicht genießt wird ungenießbar". Er fragt sich, was das für ihn bedeutet. Warum sagt sie das ganz plötzlich zu ihm? Was will sie ausdrücken? Er reagiert nicht.

Zurück vom Essen geht das Telefon. Der Hausverwalter ruft an. Das Ehepaar, das in seine alte Wohnung eingezogen war, hat kurzfristig den Mietvertrag gekündigt. Neue Interessenten gebe es. Er fragt, ob und an wen er die Wohnung neu vermieten solle. Fast erschrocken bittet Fritz den Verwalter, damit noch zu warten. Er würde ihm möglichst bald Bescheid geben. Der ist ebenso überrascht wie Fritz von sich selber und ist einverstanden.

Nach dem Telefonat legt sich Fritz auf sein Bett, um seine aufkommende Erregung wieder abklingen zu lassen. Doch er steht schnell wieder auf. Seine Unruhe wird stärker. Gedanken an einen eventuellen Umzug überwältigen ihn, blockieren sich gegenseitig, verdrängen und überlagern sich. Er fasst deshalb den Entschluss, einen Spaziergang zu machen, um Klarheit in seine Überlegungen zu bringen. Da es geregnet hat und der Boden sicher teilweise schlammig sein wird, geht er nicht seine übliche Laufstecke, sondern wählt einen anderen Weg auf Asphalt zwischen den Häusern und Villen in der nächsten

Umgebung. Während des Gehens versucht er sich auszumalen, wie er sich bei einem neuen Umzug fühlen würde, kommt aber zu keinem richtigen Ergebnis, Immer noch fällt es ihm schwer, seine Gedanken zu ordnen, zu erkennen, was das Beste für ihn wäre, Heim oder alte neue Wohnung.

Die Überlegungen, die ihn ins Heim gebracht haben, tauchen wieder auf. Wäre es sinnvoll, seinen damaligen Entschluss rückgängig zu machen? Aber die Umstände sind dafür jetzt günstig, und er fühlt sich eben im Heim nicht wohl. Könnte sich das noch ändern? Er hat Angst vor der Entscheidung, die sich jetzt aufdrängt.

Gegen Abend ruft seine Freundin an. Er erwartet fast, dass sie ihm zureden wird zu gehen, und sie tut es auch. Sie rät ihm, nicht lange zu grübeln und sich schnell zu entscheiden, es wäre so gut für ihn. Geimpft sei er ja, und die Hausbewohner würden sich sicher freuen, wenn er zurückkäme. Er solle es einmal überschlafen und dann entscheiden

Im Fernsehprogramm sucht er sich absichtlich einen nicht besonders ernst gemeinten Krimi heraus, der ihn ablenken würde. Es geht um einen Dorfpolizisten, der gerne viel isst und der eine Diät einhalten will. Außerdem muss er sich um seinen kleinen Sohn kümmern, da seine Frau ohne Kind für mehrere Tage in die Stadt fährt. Er macht sich zusammen mit einem Freund daran, den üblichen Mordfall aufzuklären, während sein Vater ihn öfter für unfähig dazu erklärt. Während des Films amüsiert sich Fritz, wird zunehmend müde, schläft fast im Sessel ein. Noch vor dem Ende des Krimis rafft er sich auf, zieht sich aus und seinen Schlafanzug an, putzt seine Zähne, reinigt seine Zahnprothese und legt sich dann auf sein Bett. Er wartet eine zeitlang, steht dann wieder auf und studiert das Bild auf seinem Kunstkalender. Es ist die Abbildung eines Gemäldes des DDR-Malers Tübcke und zeigt, wunderschön realistisch gemalt, eine Situation in Venedig, in der offensichtlich Müll aus einem alten Haus herausgebracht wird. Anschließend geht er wieder zu seinem Bett, legt sich unter die Bettdecke und kann schnell einschlafen.

Als er am nächsten Morgen aufwacht, denkt er an den Traum, den er in der Nacht hatte. Er wird abgeholt und kommt zu einer Familie, zu der er gehört. Aber wie? Sein Leben in ihr wird sicher sein und nur am Rande bedroht. Er hat Eltern, Geschwister und einen Freund. Wenigstens hofft er darauf und weiß nicht genau, ob es Realität ist. Oder ob er ein Fremder ist. Er fühlt sich im Moment, vor dem Wachwerden, glückhaft und geborgen. Er ist angenommen von seiner neuen Umgebung.

Nach dem Aufwachen steht sein Entschluss fest. Er macht seine üblichen Morgenrituale ohne Angst und irgendwelche Befürchtungen, die er sonst morgens öfter hat, ruft den Verwalter an und informiert ihn über seine Entscheidung. Der teilt ihm mit, dass er sofort wieder einziehen könne, die Wohnung nächste Woche neu vorgerichtet.

Zum Essen geht Fritz in freudiger Stimmung, lächelt über sich selbst und denkt an das Risiko, das er eingeht. Nach einer Rinderbrühe mit Backerbsen wählt er aus der Karte als Hauptgericht Spinatknödel auf Tomaten-Pilzragout, Parmesan und Kräuterpesto. Zum Dessert nimmt er Schokoladencreme an Vanillesoße. Alles schmeckt ihm besonders gut, und die zwei Frauen neben ihm scheinen auch freundlicher als sonst zu sein, ohne dass er über seine Entscheidung spricht.

Wieder erinnert er sich an einen Vorgang in seiner Jugend. Er nahm als Verteidiger an einem Fußballspiel gegen eine andere Schule teil. Ein gegnerischer Stürmer rannte mit dem Ball auf ihn zu und wollte auf das Tor zu rasen. Da versperrte er mit seinem rechten Bein seitlich dem Spieler den Weg, der auch prompt darüber stolperte und stürzte. Stolz, dass er ein fast sicheres Tor verhindert hatte, blickte zu seinem Freund, der als Zuschauer am Rand des Spielfeldes stand. Der aber reagierte offensichtlich empört über das harte Foul, während er sich über den Erfolg seines wichtigen eingreifenden Handels freute.

Am nächsten Morgen teilt die Heimleitung überraschend mit, dass die Bewegungs- und Kontaktbeschränkungen aufgehoben seien, nur noch Maskentragen sei notwendig. In Radio und Fernsehen wird dies für das ganze Land kundgegeben und erklärt. Durch dieses Zusammentreffen mit seinem Entschluss kann er ohne Bedenken an dessen sofortige Umsetzung gehen.

23

Fritz denkt jetzt jeden Tag schon beim Aufstehen an den bevorstehenden Umzug. Bei seinen morgendlichen Spaziergängen, die er meist mit Einkaufen im Supermarkt verbindet, hat sich seine Stimmung völlig verändert. Die Bedenken, die er vorher noch hatte, sind zurückgetreten. Sein Gemütszustand richtet sich glückhaft auf die neue Situation, die ihm bevorsteht. Etwas Erstmaliges, das er noch nicht kennt, wartet auf ihn.

Er beginnt zu überlegen, welche Möbel er neu braucht. Fürs erste soll es ein Kleider- und Wäscheschrank sein. Er kennt ein Möbelhaus im Zentrum der Stadt, bei dem er vor langer Zeit schon eingekauft hat und bestellt bei ihm, was er braucht. Ihm wird Lieferung in drei Wochen versprochen.

Fast ungeduldig wartet er auf den frühest möglichen Umzugstermin. Vierzehn Tage später bekommt er einen festen Zeitpunkt vom Verwalter mitgeteilt. Sofort beauftragt er die Umzugsfirma, die er schon kennt. Seinen Vertrag mit dem Stift kündigt er in einem freundlichen Gespräch zum Ende des Monats. Der Direktor fragt ihn, ob er unzufrieden mit den Leistungen des Heims sei. Er sei ja noch nicht vor langer Zeit erst eingezogen. Fritz weicht der Frage aus und spricht von privaten Gründen. Alles fühlt sich für ihn nun an wie ein geglückter Ausbruch aus einem Gefängnis. Im Hintergrund seines Denkens spürt er zwar manchmal Dinge, die ihn ins Heim gebracht haben, aber er ist sich jetzt sicher, dass sein künftiges Leben glückhafter werden wird, fruchtbarer, wie er es sich noch gar nicht gänzlich vorstellen kann.

Am Umzugstag kommt die Firma, die er beauftragt hat, pünktlich um zehn Uhr. Die einzige Schwierigkeit ist das Verpacken der Bücher. Zwei junge Männer helfen ihm dabei. Sie haben genügend Kartons mitgebracht, die Fritz durchnummeriert, sobald sie gefüllt sind. So geht auch das problemlos. Fritz achtet darauf, dass nichts zurückgelassen wird, die Möbelpacker wirklich alles mitnehmen.

Er verabschiedet sich von niemanden und fährt mit dem Möbeltransporter zur neuen alten Wohnung. Dort organisiert er das Stellen der Möbel, der Bücherregale und das Legen der Teppiche, alles diesmal selbst ohne Freundin. Die noch gefüllten Umzugskartons werden auf Wohn- und Esszimmer verteilt.

Nachdem die Packer gegangen sind klingelt es. Eine junge Frau mit zwei kleinen Kindern steht vor der Wohnungstür. Sie seien neugierig wer aktuell eingezogen sei, sie würden nebenan wohnen. Fritz ist überrascht, auch sie sind erst vor kurzem in der neuen Umgebung angekommen. Im Gespräch auf dem Flur erfährt er, dass es sich um ein Ehepaar mit Kindern handelt. Die Frau freut sich über die neuen Nachbarn. Sobald er sich ein bisschen eingewöhnt habe, solle er sie doch besuchen. Fritz sagt fröhlich zu.

Zum Mittagessen geht er wie manchmal früher beim Metzger in der Nähe vorbei. Der bietet Weißwurst mit Senf und Kartoffelsalat an. Beim Essen steht Fritz vor dem Schaufenster des Ladens und blickt auf die Straße mit den vorbeieilenden Menschen. Er sieht auf eine vertraute Umgebung.

Zurück in der Wohnung beginnt er, die Kartons mit den Büchern auszupacken. Da sie durchnummeriert sind, hat er keine Schwierigkeiten, in den Regalen ungefähr die alte Ordnung herzustellen. Dazwischen hängt er ab und zu Bilder auf. Nägel und Hammer hat er mitgenommen. Wo welches Bild, in welcher Höhe anzubringen ist, entscheidet er spontan, ohne lange zu überlegen.

Er telefoniert auch mit dem Elektrogeschäft, in dem er früher seinen Fernseher gekauft hat. Der Inhaber verspricht, noch am gleichen Tag jemanden vorbeizuschicken, der die Elektrogeräte anschließt. Als die Bücher und die meisten Bilder eingeräumt und aufgehängt sind, ist Fritz mit seiner Arbeit zufrieden.

Abends kommt der Techniker und bringt Radio und Fernseher zum Funktionieren. Als nächstes ruft Fritz seinen Freund an und macht mit ihm ein Treffen für übermorgen in dem Café aus, das sie beide kennen.

Nachdem Fritz wie gewohnt die Spätnachrichten gesehen hat, geht er zu seiner üblichen Zeit ins Bett, kann aber lange nicht einschlafen. Er steht wieder auf, schaltet das Radio an und beginnt eine neue Lektüre. Er hat sich Tolstois *Krieg und*

Frieden vorgenommen und liest sich in gehobener Stimmung
darin ein.

24

Am nächsten Morgen hat er gerade geduscht und sich rasiert, als es wieder klingelt. Vor der Tür stehen zwei Mitbewohnerinnen, zu denen er früher schon Kontakt hatte. Wie Fritz weiß, leben beide allein, sind älter als er und gehen nicht mehr arbeiten. Die eine wohnt ein Stockwerk über ihm und er erinnert sich sofort wieder, dass sie ein Auge auf die Abläufe im Haus hat, darauf achtet, dass alles seinen geregelten Gang geht, vor allem was Kehrwoche und Lärmpegel angeht. Die andere wohnt im vierten Stock, ganz oben. Fritz bewundert an ihr, dass sie trotz Schmerzen in der Hüfte und obwohl sie einen Stock benützt jeden Tag die Treppen rauf und runter geht. Er weiß gleich wieder, dass sie immer davon gesprochen hat, viel Bewegung würde bei ihr dafür sorgen, dass ihre Hüftprobleme nicht schlimmer werden, dass sie so eine mögliche Operation hinaus schieben könne.

Beide strahlen ihn an und drücken gleichzeitig und ausführlich ihre Freude darüber aus, dass er wieder zurückgekommen ist. Er hat beide als rücksichtsvoll aber auch distanziert in Erinnerung. Aber jetzt wirken beide auf ihn besonders interessant, lebendig und schon wieder vertraut. Sie sprechen davon, dass man sich unbedingt gemeinsam treffen müsse, zehn Minuten von hier habe eine schwäbische Wirtschaft neu aufgemacht. Es wäre doch gut und angenehm, dort zum Abendessen hinzugehen. Man hätte sich sicher viel zu erzählen und könne gleich das Lokal testen. Fritz ist natürlich sofort dabei und schlägt den nächsten Sonntag vor. Ja, beiden passt das gut. Sie sind einverstanden, dass Fritz einen Tisch bestellt. Alle hätten noch ihre alten Telefonnummern und die Nummer der Gaststätte sei leicht zu beschaffen. Man könne sich kurz vorher noch mal verständigen. Beide erwähnen, dass sie jetzt die Einzigen im Haus seien, die in ihren eigenen vier Wänden leben würden, die anderen Wohnungen seien inzwischen alle vermietet.

Die Jüngere drückt ihm noch einen Blumenstrauß aus dem Vorgarten des Hauses in die Hand. Die andere hat eine einfache Vase mitgebracht. Er habe wahrscheinlich noch keine Gläser ausgepackt. Was auch stimmt. Fritz bedankt sich ausführlich und freut sich, als sie gegangen sind immer mehr über seinen Umzug. Die Blumen stellt er mitten auf den mitgebrachten Schreibtisch.

Während er weiter auspackt, ruft seine Freundin an und fragt, ob sie beim Einrichten helfen soll. Sie hätte am Abend Zeit. Fritz ist glücklich darüber, dass sie ihn besuchen wird, versichert ihr aber, fast alles schon geschafft zu haben. Trotzdem wäre es natürlich sehr schön, wenn sie kommen würde. Danach ruft er die Möbelfirma an und fragt nach dem bestellten Schrank. Ihm wird versichert, dass die Lieferung noch am Nachmittag erfolgen würde.

Als er um die Mittagszeit Hunger bekommt, geht er zu dem Supermarkt, den er von früher her kennt und besorgt sich für den Kühlschrank das Essen der nächsten Tage.

Wie angekündigt kommt der bestellte Schrank. Die letzten Kartons sind schnell ausgepackt. Die Wohnung wirkt auf ihn größer als er sie in Erinnerung hat, aber nicht leer. Er vermisst nichts von dem, was er früher noch als notwendig angesehen hat. Kurz denkt er an den großen Bauernschrank, der früher im Esszimmer stand. Aber auch ihn braucht er nicht mehr. Er hat das Gefühl, er könne sich jetzt in der Wohnung viel freier bewegen. Die alten Bedenken, die ihn ins Heim begleitet hatten, was passieren würde, falls er Pflegefall werde, sind nur noch ganz im Hintergrund vorhanden.

Als seine Freundin kommt, findet sie alles gut eingerichtet, nur sein altes Radio müsse er endlich durch ein neues Gerät ersetzen. Sie freut sich mit ihm über seine neue Situation, sein neues Leben. Sie bringt ihm einen unlängst erschienen Kriminalroman mit, der ihn sicher interessieren würde. Ein Privatermittler versucht in einem verwüsteten und karg bevölkerten Manhattan, sein ganz persönliches System zu ordnen. Dabei ist die dubiose Armee eines mächtigen US-Senators hinter ihm her, und er gerät zwischen alle Fronten, zwischen Yakuza und koreanischen Gangs, die um die Vorherrschaft kämpfen. Bis zum späten Abend liest er darin, schläft dann sofort ein.

25

Als er aufwacht, denkt er als erstes an das vereinbarte Treffen mit seinem Freund. Er freut sich darauf und überlegt, über was sie sprechen könnten. Dabei fällt ihm zu seiner eigenen Überraschung ein Vorgang ein, kurz nach dem Einzug ins Heim.

Er saß alleine an einem Vierertisch, als sich eine Rollstuhlfahrerin ihm gegenüber an den Tisch setzte. Während sie auf das Essen warteten, spielte die Frau an der elektronischen Bedienung ihres Geräts herum. Sie kam dabei ganz nahe mit den Armlehnen an die Tischkante heran. Plötzlich machte ihr Stuhl einen heftigen Ruck nach vorn und verschob damit den Tisch um ungefähr zwei Meter vorwärts. Fritz wurde mit seinem Stuhl heftig zurückgedrückt. Er war erschrocken und reagierte wortlos ärgerlich. Eine Bedienung eilte herbei, wies die Frau zurecht und brachte den Tisch wieder in seine alte Stellung. Die Frau entschuldigte sich nicht, lächelte ihn nur an. Er überlegte noch, warum sie das getan hatte, fühlte sich aber weggestoßen, als wäre es eine Reaktion auf einen Fehler in seinem Verhalten, ohne dass er sich irgendetwas bewusst war. Dann kam auch schon das Essen, dass sie beide ohne Gespräch stumm verzehrten.

Nach seinen Morgenritualen und einem Frühstück, bei dem er nur Sauerkraut mit Knäckebrot isst, macht er sich auf den Weg zu dem Treffen. Dabei begegnet ihm ein junger

Mann, der ein kleines Kind vor sich auf der Brust trägt. Als Fritz das sieht, fühlt er sich plötzlich als wäre er das Kind. Er denkt an den Traum, den er in der letzten Nacht hatte. Er lief durch eine Stadt, die er teilweise kannte, manches kam ihm vertraut vor, manches völlig fremd. Als er aufwacht, hat er sein Ziel noch nicht erreicht. Und doch fühlt er sich jetzt frei von Zwängen und Anpassungsforderungen. Etwas Verborgenes, Lustvolles steigt in ihm auf. Es ist etwas Neues, dass er noch nicht kennt, vorher auch nicht erlebt hat.

Er ist zeitig im Café. Es ist das gleiche Lokal mit Bäckerei, in dem er damals zusammen mit seiner Freundin gesessen und über den Umzug ins Heim gesprochen hatte. An einem der drei Tische sitzen zwei Mütter mit ihren kleinen Kindern. Die machen Lärm und rennen durch den Raum hin und her. Eines von ihnen beginnt laut weinend zu klagen. Auch an der Verkaufstheke ist viel Betrieb.

Fritz versucht, Zeitung zu lesen, kann sich aber kaum konzentrieren. Wie aus heiterem Himmel fallen ihm alte Bedenken ein. Er hat auf einmal wieder Angst vor dem, was kommen könnte. Vielleicht würde er in der Wohnung stürzen, sich etwas brechen und könnte nicht selbstständig aufstehen. Was geschehe dann? Und falls er gefunden würde, müsste er doch wieder ins Krankenhaus wäre anschließend Pflegefall und käme in seiner Wohnung mit dem Alltag alleine nicht zurecht.

Dann kommt sein Freund. Glücksgefühle steigen wieder in Fritz auf. Sein Freund berichtet von Schwierigkeiten mit der

Speiseröhre beim Essen. Fritz denkt an seinen Körper und dessen Funktionen. Auch er hat manchmal nach dem Essen Beschwerden in der Magengegend. Aber das scheint ihm jetzt ganz unbedeutend. Beide sind sie sich einig, sie müssten von Tag zu Tag leben und sie sollten ihr Leben genießen. Es wäre eben doch ziemlich kurz. Aber an dessen Ende wollen sie beide jetzt nicht denken.

Im Café ist es ruhig geworden. Sie sind jetzt die einzigen Gäste. Sonnenlicht bricht durch das Fenster zur Straße und Fritz hat den Eindruck, er würde das Licht körperlich spüren.

Es erfüllt ihn in diesem Augenblick. Er denkt daran, wie ihn auf dem Hinweg eine junge Frau angelächelt hat. Im Radio hatte er gehört, dass eine Koalition torpediert wurde. Der Gedanke daran stört ihn kaum. Sie sprechen darüber, es wird nur erwähnt.

Er ist ruhig, glücklich. Und mit ihm sein Freund.